한국 희곡 명작선 ₃₅

까페 07

한국 희곡 명작선 35

까페 07

강제권

평민사

상
제
권

'누구나 가슴 밑바닥에 지독한 상처 하나쯤 품고 가지 않는 사람 없다'

어디에 있는지 아무도 모를 것 같거나,
우리 주변에 흔히 볼 수 있을 것 같기도 한,
동화적이고 환상적인 분위기의 OZ까페.
OZ의 영문자에서 Z의 하단받침이 떨어져서 07로 보인다.

기묘한 그 곳은
기괴하지만 무서운 기괴함은 아닌,
몽환적이지만 세련된 몽환은 아닌
그저 호기심을 불러일으킬 만한 창고의 느낌.
먼지인지 연기인지 모를 뿌옇연 안개 같은 게 깔려있고
바텐 위는 너저분하다.
까페 곳곳에는 여러 희한한 잡동사니들로 가득 차 있다.
이상하게 생긴 나무와 살아있는 듯한 초상화들이 걸려있고
한쪽 벽에는 이 지구상에 있을까 의문스러운 상상 속 동물의
박제가 걸려 있다.

그 공간은 신비로운 'Cafemaster 혜은'과
자유분방한 매력의 'Cafe 주인 재덕'이 지키고 있다.

그리고 그곳에 그들이 까페를 찾은 것인지,
까페가 그들을 부른 것인지 알 수 없으나
상처를 비밀처럼 싸매고 살아가는 사람들이 하나둘 모인다.

우리는 얼마나 깊은 상처를 껴안고 살아가며,
또 얼마만큼이나 꺼내어 타인에게 보여주고
서로를 보듬을 수 있을까.

꿈 같은 '까페07'이 이제 당신을 부른다.

※ 이 작품을 하늘에 있는 나의 소울메이트 혜연이에게 바칩니다.

등장인물

강재덕 – 남. 35세. 까페주인.

주혜은 – 여. 37세. 까페동업자. 자유로운 집시의 느낌.

양심자 – 여. 69세. 어울리지 않는 옷을 입고 다니는 욕쟁이 할멈.

신도희 – 여. 32세. 어린애 같은 원피스를 입고 다닌다.

소녀 – 여. ?세. 도희를 졸졸 따라다니는 정체불명의 어린 소녀.

백양철 – 남. 33세. IT회사직원. 감정이 메말라 있는 것처럼 무표
정하다.

허수아 – 여. 30세. 주민센터(동사무소) 공무원.

나일훈 – 남. 42세. 강력계 형사. 겉으로는 건방을 떨지만 실제로
는 겁이 많다.

양하진 – 남. 34세. 건달 조직의 중간보스.

김달중 – 남. 36세. 성형외과 의사. 도희의 맞선남.

이서연 – 여. 31세. 백양철의 여자친구.

참새 가 – 여. 36세. 주민센터(동사무소) 공무원.

참새 나 – 여. 32세. 주민센터(동사무소) 공무원.

참새 다 – 여. 26세. 주민센터(동사무소) 공무원

그 밖에 환상처럼 등장하는 여러 인물들.

때

현대

곳

어디에 있는지 아무도 모를 것 같거나, 우리 주변에 흔히 있을 것
같기도 한 OZ까페.

PROLOGUE

주혜은 훨훨…… 하늘을 날고 있었어. 눈이 시리도록 파아란 하늘을…… 두 팔을 활짝 벌리고 두 눈을 감고 코끝을 간지럽히는 바람을 느끼면서 훨훨…… 엄마 아빠랑 함께 구름 위를 떠다니듯 날고 있었는데…… 분명 같이 날고 있었는데 갑자기 사방이 어두워지면서 내 어깻죽지에 있는 날개에 벼락이 떨어졌어. 아악! 두 날개가 타버린 채 나 혼자 그대로 땅으로 곤두박질쳤어…… 엄마? 아빠!! (사이) 비행기 사고. 나를 보러 미국으로 오시던 엄마 아빠는 그렇게 떠나셨어. 알아? 내가 태어나던 날에 우리 언니가 죽었어. 삼촌, 이모…… 할머니도 어이없는 이유로 모두 다…… 다! 난 뭐지? 도대체 난 뭐냐고! (신경질적으로) 엄마! 아빠! 어디 갔어? 어디 가버린 거야! 나만 빼놓고 다들 어디로 가 버린 거냐고!!

강재덕 그래 형 이번 한번만~ 나 못 믿어? 그동안 나한테 투자한 거 회수해야지, 안 그래? 이번 한번만 제대로 터지면 그동안 잃은 거 다 만회할 수 있어. 아이~ 이번엔 확실하다니까! 좀 떨떨해 보이는 물주가 꼈거든. (웃는다) 왜 이래, 쌍둥이끼리. 우린 말 안 해도 마음으로 통하는 사이잖아. 그냥 빨대만 잘 꽂으면 된다니까. 아, 가게가 어렵긴 뭐가 어려워! 저번에 보니까 손님 미어터지더구만!

이번 한번만 마지막으로 도와줘. 응? 이번만 터지면 내가 형이랑 엄마 아빠랑 다 같이 떵떵거리고 살게 해줄게. 아, 진짜 이렇게 나올 거야?

주혜은 그 사람 돌아온다고 했어요⋯⋯ 그냥 잠깐 다녀온다고 했단 말이에요⋯⋯ 거짓말하는 거지? 그 사람이랑 나 떨어트려 놓으려고 거짓말하는 거지? 아무리 방해해도 우린 떨어질 수 없어! (사이) 아니야⋯⋯ 아니야! 그 사람이 왜 죽어! 이렇게 나 혼자 남겨두고 떠났을 리 없어! (사이. 지하철 들어오는 소리) 내가 사랑하는 사람들, 나를 사랑했던 사람들⋯⋯ 나랑 함께한 운명 때문에 그렇게 죽어버린 거야. 다 내가 그랬어. 사람 죽이는 악마⋯⋯ 나 같은 건 그냥 죽어버려야 해. 더 많은 사람들 아프게 하기 전에.

목소리 (다급하게) 뭐하세요? 어! 위험해요!

지하철 들어오는 소리. 주혜은의 비명.
암전.

강재덕 (전화하며) 전화도 안 받고 이렇게 나온다 이거지? 내가 가게 앞에다 똥이라도 싸지르고 만다. 치사한 인간. (캔 뚜껑을 따고 맥주를 마신다. 전화벨소리) 여보세요. 네, 맞습니다. 네? 뭐라고요?

주혜은 (서럽게 혹은 두렵게 통곡을 한다) 죄송합니다. 정말 죄송합니다. 저 때문에⋯⋯.

강재덕   (달려 들어오며) 누구야? 너야? 당신 때문에 형이 죽었어! (멱살을 쥐며) 죽으려면 혼자 죽지 왜 애꿎은 우리 형을 죽여! 살려내! 당장 우리 형 살려내란 말이야!

주혜은   죄송합니다. 죄송합니다. 제가 죽일 년이에요.

강재덕   죽여주라고? 정말 죽여줄까? 당신 죽이면 우리 형이 살아 돌아와?

주혜은   죄송합니다. 정말 죄송합니다. 죄송합니다.

강재덕   나 같은 쓰레기도 이렇게 멀쩡히 살아있는데! 병신 같은 인간! 거기가 어디라고 뛰어들어! 미친 새끼! (흥분한다. 그러다 주저앉아 운다)

주혜은   저 좀 죽여주세요. 제가 죽어야 돼요. 제발 저 좀 죽여주세요.

강재덕   아무 말 말고 꺼져! 내 눈에 한번만 더 보이면 진짜 죽인다. 아무 말 말고 꺼지라고!

주혜은   죄송합니다. 정말 죄송합니다.

강재덕   꺼져! 다신 내 눈앞에 나타나지 마!

주혜, 그 자리에서 무릎 꿇은 채로 꿈쩍 않고 있다. 간혹 흐느끼면서. 한참의 시간이 지난 후, 상주 옷을 입은 강재덕이 술병 채로 들이키며 집에서 나온다. 여전히 무릎 꿇고 있는 주혜. 강재덕 무시하고 들어간다. 또 한참의 시간이 지난 후, 평상복을 입고 나오는 강재덕. 꽤 시간이 지난 듯. 강재덕 외면하고 지나가려는데. 주혜은 본능적으로 중얼중얼거린다.

주혜은   죄송합니다. 죄송합니다.

강재덕   알았으니까 제발 사라져줘. 날 좀 괴롭히지 말아달라고, 그 상판대기 보고 싶지 않으니까!

주혜은   죄송합니다. 정말 죄송합니다.

강재덕   그냥 가라고, 제발 좀! 진짜 나 눈 뒤집혀서 개새끼 되는 꼴 보고 싶어? (주혜은 픽 쓰러진다) 어…… 이봐요, 이봐! 괜찮아? 정신 차려! 미쳤어? 진짜 죽으려고 환장했어? 열흘을 꼬박 이러고 있는 사람이 어딨어! 정신 좀 차려봐!

주혜은   나 좀…… 죽여…… 주세요. 제가 우리 엄마, 아빠 언니 우리 가족…… 그리고 사랑하는 사람들 모두 죽였어요. 제가 다 죽였어요. 제가 죽어야 할 인간이에요. 제발 저 주받은 씨 좀 없애주세요.

강재덕   (깊은 한숨) 말해두겠는데 그냥 살아! 절대로 죽지 마! 우리 형이 못 다 산 삶만큼 악착같이 살아! 내가 평생을 두고 보겠어! 저주고 개나발이고 그냥 벽에 똥칠할 때까지 살아! 그게 나나 형한테 할 수 있는 최선의 도리야.

주혜은   죄송합니다. 죄송합니다.

강재덕   진짜 돌겠네! 그 죄송합니다 소리는 고막에 굳은 살 박히도록 들었으니까 이제 그만 좀 하라고! 휴…… 내가 용서하고 자시고 할 처지인가…… 들어와. 난 죽 끓일 줄 모르니까 당신이 직접 끓여먹어.

암전.

자막   누구 하나 가슴 밑바닥에 지독한 상처 하나쯤 품고 가지 않는 사람 없다.

우리는 각자의 상처를 감추고 타인을 만나 서로를 알아본 후에야 서로의 아픔을 보듬는다.

1막

#. 1장

암전 속에서 여자들의 수다소리가 들린다. 용명이 되면 여자 4명이 칵테일 등을 마시고 있다. 수아는 수다 떠는 일행들과는 다르게 묵묵히 종이접기를 하고 있다. 강재덕은 한창 통화중. 사람처럼 생긴 나무는 등 돌리고 서 있다.

강재덕   우리 자기 또 내 목소리 듣고 싶어서 전화했구나? 으음~ 나도 보고 싶지~ 우리 자기도 잘 지냈쪄? 저런저런저런. 그래서 그 노친네가 알고 보니 아버지였었다고? 우리 자기 막장드라마 그만 좀 봐~ 정신 건강에 좋지 않아. 무슨 소리야? 애기 뭐? 애기 깼다고? 아니 그 자식은 분유 든든히 먹었으면 아침까지 쭈욱 쳐 자지 왜 찡얼대는데? 다시 잔다고? 그럼 다시 우리 둘만의 대화의 낙원으로 떠나볼까? 부탁? 뭐든지~ 우리 자기 부탁이라면 내가 저 하늘 별이라도 따서 머리핀에 큐빅처럼 박아줄게. 뭐? 빌린 돈 조금이라도 갚아달라고? 야~! 너 정말 치사하다 기집애야! 알았어, 알았어. 내가 이번 주 내로 꼭 갚아줄 테니 전화하지 마! 현관 벨소리 들리지? 네 남편 들어오나 보다. 얼릉 끊어!

주혜은, 주방에서 나오다가 멈춰, 강재덕의 모습을 한심스럽게 바라본다.

주혜은 그러다가 감방 갈라.

강재덕 내가 왜? 무슨 죄라도 지었나?

주혜은 애 딸린 유부녀랑 자기 그랬쩌 저랬쩌 하는 게 죄가 아니라고?

강재덕 우리는 순수한 플라스틱 사랑이야.

주혜은 공부하라고 사준 노트북으로 공부는 안하고 밤낮 채팅만 하고…… 참 인생이 그렇다. 돈은 왜 꾼 거야? 또 성인피시방 같은데 가고 그런 거 아냐?

강재덕 오늘따라 그놈의 잔소리는…….

주혜은 얼른 은행이나 다녀와. 월세 오늘까지 내는 거 알지? 자 여기 봉투에 백만 원 넣어놨으니까 절대로 흘리면 안돼.

강재덕 사람이 왜 이렇게 클래식해? 요새 인터넷 뱅킹 안 쓰는 사람이 어딨…… (봉투를 보며) 나 핸드폰 바꿀 때도 됐는데…… 아 이뻐까지는 안 바라고 갠 역시 구모델은 어떨까? 좀 사주라.

주혜은 진짜 사장님은 환갑 때까지 철 안 들겠다. 철없는 거 계속 가면 그대로 그냥 노망이야. 요새 장사 안 되는 거 안 보여?

강재덕 맨날맨날 돈 없다고 그래! 나도 정말 터치감 지대로 느껴지는 핸드폰 쓰고 싶다고! 이게 뭐야, 그래도 까페 사

장인데 간지가 있어야지. 이건 무슨 파워레인저 변신핸
드폰도 아니고…… 아, 몰라! 나 이 돈으로 스마트폰 살
거야!!

강재덕, 나무를 뻥 차고는 문을 열고 나간다. 나무 인상 쓰며 슬그
머니 강재덕을 쳐다본다. 나무의 자세를 고쳐주고 주방으로 들어가
는 주혜은. 잠시 후, 양심자가 문을 열고 들어온다.

주혜은   (주방에서 나오며) 어서 오세요.

양심자   언니 여기 아메리카노에 계란 하나 팍 띄워서 주쇼잉.

주혜은   아메리카노는 있는데…… 계란은 없네요. 죄송합니다.

양심자   아따 무슨노무 다방에 계란도 없어! (가방에서 계란을 꺼내
         주며) 자 여기 있응게 띄워주쇼.

주혜은   계란 가지고 다니세요?

양심자   아녀~ 없어. 이거슨 매지끄! (사이) 뭘 뚫어져라 보쇼잉?
         뭐 필요한 거 있으쇼? 불러봐.

주혜은   음…… 롤렉스 시계요.

양심자   시계 가격만치 맞아볼텨?

주혜은   그럼…… 수박요.

양심자   아따 비싼 거 부르네. 롤락스보다야 싸지만서도 (가방서 수
         박을 꺼내 건내준다) 자!

주혜은   (좋아하며) 우와!!! 정말 신기하네요! 정말 아무거나 만들
         어내요?

14

양심자 그라제~ 이것도 있고 요것도 있고 (가방에서 물건들을 꺼내다가) 오늘은 여기까지! (전화가 울리니 받는다) 여보셔요. 잉! 찾았어! 아따 도망쳐봤자 부처님 손바닥이지! 온다고? 아녀 자기는 천천히 와~ 자기 오면 송장 치워야 할탱게. 그려! 알았어~ 나도 사랑혀~

강재덕 (들어오며) 귀신이네. 귀신! 어떻게 그렇게 귀신같이 잘 찾어?

양심자 구댕이에 파묻을 놈! 내 돈 떼먹고 도망쳤는데 세상 끝까지라도 찾아가야지!

강재덕 죽이던지 살리던지 맘대로 해. 택배기사들은 설명을 그렇게 해줘도 잘 못 찾아오더만, 이 구석진 데는 또 어떻게 찾아가지고…….

양심자 잡스랑 이건희는 신이여! 맵 어플이랑 현재 위치 GPS만 있으면 세상이 다 내 손 안에 있웅게.

강재덕 GP…… 어플 뭐? 뭐야, 스마트폰이야? (주혜은에게) 저! 저거 봐! 저런 쭈그렁탱이 할망구도 스마트폰 있잖아!

양심자 이 시키, 말버릇 좀 보게. 아니 내가 어딜 봐서 쭈그렁탱이 할망구야!! 오랜만에 얼굴에 블러드 팩 좀 해주까? (혜은을 보다가) 쯧. 나가 조금만 더 본능에 충실했으면 시방 녀의 생존가능성이 매우 희박했다는 걸 알아둬라잉.

주혜은 누구야, 저 분?

강재덕 악덕사채업자.

주혜은 또 돈 빌렸어?

강재덕   예전에 빌린 거야. 치사하게 내가 뭐 먹고 튀나?

양심자   먹고 튀었잖여, 이늠 시키야! 요로코롬 숨어 불믄 못 찾을 줄 알았냐? 얼른 돈이나 내놔!

강재덕   없어! 배 째!

양심자   이런 썩을 놈! 콱 장기 떼서 팔아 버린다! 일단 만원 줘봐.

강재덕   만원은 왜?

양심자   요 앞에 보니께 손톱소제 만원에 하더구만. 가서 쪼께 받고 올께.

강재덕   손톱소제? 네일아트?

양심자   그려그려. 네일아뜨. 받을 돈에서 만원 빼줄랑께.

강재덕   다 늙어빠져서 무슨 네일아트는. 철없는 거 계속 가면 그대로 그냥 노망이야. 철 좀 들어.

양심자   너 시방 뭐라 씨부렀냐?

주혜은   (황급히) 만원 여기 있어요! 예쁘게 받고 오세요. (강재덕에게) 그걸 여기에 써먹냐?

양심자   언니는 저 호로잡놈분이랑 다르게 참 싹싹하네. 말혀! 내가 좋은 사람 소개시켜줄텡게. 혹시 둘이 자빠트리고 쪽쪽 빠는 관계인감?

강재덕   에이, 진짜! 후…… 여전하구만, 그 걸레 문 말투는. 여기서 쓸데없는 소리 말고 얼릉 가서 손톱소제든지 뭐든지 하고 오셔.

양심자   저 시키는…… 그려. 암튼 이따 보자고 (퇴장)

강재덕   어휴 저 상종 못할 할망구!

주혜은 진정하고 라면 끓여놨으니까 들어가서 먹어. 다 불었겠다.

강재덕 계란 넣었어?

주혜은 계란 다 떨어지고 없어.

강재덕 (투정부리며 들어간다) 라면에 계란 빠지면 어떻게 먹으라고!

강재덕, 나무를 다시 발로 뻥 차고 들어가는데 나무가 몸을 움찔거리며 인상을 쓴다.

#. 2장

바텐에 앉아있던 4명의 여자 중 나이가 제일 많아 보이는 여자가 일행들의 시선을 손짓으로 모은다. 일행 중 한 명인 허수아는 시선만 살짝 줄 뿐 여전히 종이접기를 하고 있다.

참새 가 맞아 맞아. 너희 위층 사무실에 금숙언니 알지? 알지? 왜 ~ 바람피다 걸려서 애 둘 낳고도 쫓겨난 언니 있잖아! 이번엔 김계장한테까지 꼬리를 치더라~ 나 촉 좋은 거 알지? 둘이 눈빛교환이 예사롭지 않더니, 점심시간에 사라졌다 돌아왔는데 웬걸~! 갔다 왔으면 티나 내질 말던 가~ 김계장 셔츠단추는 다 뜯어져 있고, 금숙언니는 머리에 물기도 안 말랐더라구. 안 그래도 똥장이 김계장 어딨냐구 찾고 있던 터라 두 사람 들어오니까, 다들 시선이 그 쪽으로 갔거든. 그~때~! 그…… 그 새로 온 수습 있잖아?

참새 나 이지현?

참새 가 응, 이지현이 진지하게 한 마디 던진 거야!

참새 다 뭐라고요?

참새 가 두 분, 사우나라도 같이 다녀오시나 봐요?

참새떼, 자지러지게 웃는다. 허수아는 멀뚱멀뚱 종이만 접고 있다.

참새 가 그 말 들은 두 사람, 얼굴이 아주 울그락불그락하더니 급하게 나가버리더라구. 사무실 사람들 다 뒤집어지고 말야.

참새 나 아~ 외근만 안 나갔어도 그 감동의 장면을 볼 수 있었을 텐데…….

참새 다 저도 너무 아까워요. 그건 그렇고 이지현 씨는 어떻게 됐어요?

참새 가 어떻게 되긴. 지금까지 자기가 무슨 잘못을 했는지 모르더라고. 그냥 자기 빼고 다 웃으니까 멍청히 서 있더라니까. 하여간 둔하긴…….

참새 나 그래도 우리 부서 누구보다 더할까요?

참새들의 시선이 허수아 쪽으로 이동한다. 허수아 변함없이 종이만 접고 있다.

참새 다　뭐…… 만들어요?

참새 가　(허수아를 찌르며) 허따, 뭐해? 우주선 만들어? (허수아 흉내)
　　　　　헤~

참새떼, 허수아의 웃음을 흉내 내며 깔깔거리고 웃는다.

허수아　저…… (참새떼, 순간 정적) 화장실 좀…… 헤~ (천천히 일어나
　　　　화장실로 간다)

참새떼　푸하하하하~!

참새 나　어우, 저 살인미소. 남자 여럿 죽였을 거야. 항상 헤~

참새 가　(조용히 자기들끼리만 하는 소리로) 그래도 들리는 소문에 의하
　　　　면 허정일 국회의원 무남독녀라는 얘기가 있어. 알잖아
　　　　평택에서 6선 한 양반. 국회의장도 했다지 아마? 재산도
　　　　무지무지하게 많다더라구.

참새 나　저 바보가 국회의원 딸이라구요? 에이~ 그런 말은 초딩
　　　　도 안 먹혀요. 허경영 딸이라면 모르겠다, 허본좌. 내 눈
　　　　을 바라봐 넌 편안해지고…….

참새 가　아니, 들어봐 봐. 일부러 그럴 수도 있는 거잖아. 자기 사
　　　　람을 찾기 위해 위장한 채 살피는 거야. 나중에 아주 멀
　　　　쩡해져서 우리 앞에 짠하고 나타나 (허수아를 흉내내며) 언
　　　　니 그동안 속여서 미안했어요. 언니랑 같이 일하고 싶어
　　　　요. 앞으로도 많이 도와줘요. 그러는 거야~ 난 그럼 이
　　　　말단공무원에서 신분 급~상승! 국회의원 비서실로 고

고~ 고고~! 비서실장이 되는 거라니까. 어때어때어때어때? 스토리 나오지?

참새 다   주임님, 넷플릭스 드라마 많이 보셨죠?

참새 나   언니, 꿈 깨요. 난 저런 애가 어떻게 우리 동사무소에 들어왔는지 궁금하다구요. 쟤네 아버지가 국회의원이라면 똥장이 가만히 있었겠어요?

참새 가   그게 바로 쟤네 아버지가 노린 트릭이지! 국회의원 딸이 동사무소에 출근할 거라고 누가 상상하겠어? 또, 모르지. 똥장이 미리 정체를 알고, 잘 보이려고 싸바싸바~! 자리 하나 내준 건지도⋯⋯ 쟤 지금 멍청한 척 위장하고 사람을 물색하는 거라구.

참새 나   흥, 멍청한 척 위장인지 분장인지 한번 보죠 뭐. (화장실에서 나오는 허수아를 의식하며 큰 목소리로) 자, 우리 게임 하자! 오래된 거긴 하지만 손병호 게임 어때? 수아씨 손병호 게임 알지? 자 나부터 한다. 여기서 연애를 한 번도 안 해본 사람 접어. (수아만 접는다)

참새 가   여기서 키스 한 번도 안 해본 사람 접어. (수아만 접는다) 수아 차례야.

허수아   여기서⋯⋯ 종이접기 할 줄 아는 사람? (역시 수아만 접는다. 다른 사람들 킥킥댄다)

참새 다   여기서 대학 안 나온 사람? (수아만 접는다)

참새 나   여기서 종이로 꽃 만들 줄 아는 사람 접어. (수아가 남은 손가락을 접는다)

참새들　(좋아하며) 수아씨 걸렸다!

참새 나　어쩌나? 수아씨, 우리 잘 먹었어. 걸린 사람이 계산하는 거 알지?

허수아　그런 얘기 없지 않았나요?

참새 나　왜 이래, 아마추어 같이? 게임이면 당연 벌칙이 있는 거 고 졌으면 쿨하게 인정해야지.

허수아　네.

참새들 옷가지와 짐을 들고 일어선다.

참새 나　수아씨, 천천히 놀다가 와. (참새 가에게 돌아서서) 거봐요, 저런 떨떨한 애가 무슨 국회의원 딸이에요? 통장 딸이면 몰라.

참새 가　설마설마 했는데 또 당하네⋯⋯ 아이큐 70도 안되나? 내 비서실장 자리! 흑⋯⋯.

참새 다　좀 불쌍해요.

참새 나　불쌍하긴 뭐가! 저런 애랑 같이 일하는 우리가 불쌍하지! 자, 2차 어디 갈까요?

참새 가　노래방 갈까?

참새 나　좋아요~ 난 부비부비 노래방!

참새 가　근데 정말 국회의원 딸이면 어떡하지?

참새들 퇴장한다. 참새 다, 퇴장하다 말고 잠시 멈춰섰다 허수아에게 돌아온다.

참새 다   저기, 수아 씨…… (지갑에서 만원을 꺼내어 수아에게 주며) 이 거 술값에 보태세요.

허수아   아니에요. 제가 졌으니까 제가 계산할게요. 괜찮아요. 헤~

참새 다가 허수아의 손에 돈을 쥐어주고 돌아서려는데 허수아가 어깨를 잡는다.

참새 다   (흠칫 놀라) 네?

허수아   (만원과 함께 자신이 접었던 꽃을 참새 다에게 준다) 행운을 빌어 주는 꽃이에요.

참새 다, 멍하니 받아들더니 가볍게 목례를 하고 서둘러 퇴장한다.
다시 종이접기를 시작하는 허수아.
주혜은, 무대를 여니 BT걸즈가 나와 노래를 부른다. 혜은 노래를 흥얼거린다. 강재덕, 주방 쪽에서 등장.

강재덕   아씨, 김치도 다 떨어졌더만! 계란도 없고! 김치도 없고! 이눔의 집구석은 제대로 된 게 없어!

그러면서 무대를 닫아버린다. 음악이 줄어들며 황당해하는 BT 걸즈.

주혜은 여기가 왜 사장님 집구석이야. 집구석 드립치고 싶으면 빨리 장가를 가든가.

강재덕 (진지하고 당당하게) 난 독신주의자야. 우리 엄마가 어렸을 때 내 점을 봤는데, 나는 천성이 게으르고 뺀질거려서 뭘 해도 다 엉망진창이고, 게다가 타고난 게 재수가 없어서 하는 족족 망한다고 그냥 평생 혼자 살라고 그랬어.

주혜은 참…… 사랑이다. (사이) 그래도 이 까페는 몇 년 동안이나 안 망하고 그럭저럭 잘 하고 있잖아.

강재덕 암튼 난 결혼 생각 없으니까 잔소리하지 마. 결혼이 얼마나 끔찍한 걸 줄 알아?

주혜은 해보지도 않고 다 아는 것처럼 그런다.

강재덕 자기 넬리 만다린 알지?

주혜은 어?

강재덕 아, 왜 예전 남아공 대통령 있잖아.

주혜은 (한숨) 넬슨 만델라.

강재덕 그래, 넬라 만델슨. 암튼 그 사람도 이혼했다고. 봐봐! 넬리 만델리도 이혼했다고! 남아공 감옥에서 온갖 고문 받고, 40도 넘는 사막에서 강제노동하면서 27년을 보냈는데, 응? 27년을. 근데 부인이랑 6개월 만에 이혼했다고. 그런 거야 결혼. 근데 나같이 자유로운 영혼이 결혼이랑 맞겠냐?.

주혜은 핑계 참 거창하다. 곧 죽어도 여자 만날 능력이 없다는 소리는 안 하지.

강재덕　못 만나는 게 아니라 안 만나는 거지. 봐봐. 애기엄마까지도 좋다고 연락 오잖아.

주혜은　빚쟁이? 빌려준 돈 갚으라고?

강재덕　으흠…… 그나저나 얼굴 못생긴 자기는 이렇게 성격까지 까칠해서 시집 갈 수 있겠어?

주혜은　내 걱정은 말고 사장님 걱정이나 해. 내 걱정은 내가 알아서 할 테니까.

강재덕　그래. 누가 뭐래도 우리 자기는 걱정할 때가 제일 이뻐.

주혜은　한가하게 헛소리할 시간 있음 토닉워터나 좀 꺼내올래?

강재덕　어머머머머머~! 자기는 내가 그 무거운 걸 들고 창고에서 끙끙대면서 나오는 걸 보고 싶은 고야? 그런 고야? (신파조로) 가지고 오다가 계단에 걸려 넘어져서 병 막 널브러지고 내 무릎팍 까지는 거 보고 싶구나?

주혜은　응.

강재덕　네…… 알겠습니다. (노래하며 퇴장)

백양철 등장한다. 주혜은에게 다가와서.

백양철　왔나요?

주혜은　아니.

백양철, 실망하고 퇴장. 주혜은, 무슨 생각을 하는 듯하다가 다시 미소를 지으면서 무대로 가서 커튼을 연다. 무대 열리면 BT걸즈가 나오면서 노래를 한다.

#. 3장

신도희가 고영석과 함께 등장한다. 그 뒤로 소녀가 들어와 강아지처럼 신도희를 따라다닌다.

주혜은   (들어오는 소리만 듣고) 어서 오세요~

신도희   들어오세요~ 여기가 제가 말한 곳이에요~ 어때요? 저기 잠깐 앉아 계세요. (고영석은 두리번거리면서 자리에 앉고, 신도희는 주혜은에게 다가가 인사한다) 혜은 언니~!

주혜은   (남자를 보면서) 오늘은 어떤 상대야?

신도희   압구정 성형외과 원장!

주혜은   대~박! 어때? 잘 될 거 같아?

신도희   히히, 아직은 몰라 그래도 조금 관심 있어 하는 눈치니까 잘 해보려고.

주혜은   무드 조성은 나한테 맡기고, 나중에 잘되면 보톡스 알지?

신도희   에이~ 언니가 주름이 어디 있다고~! 근데 재덕 오빠는 어디 갔어요?

주혜은이 고갯짓을 하면 주방에서 강재덕이 낑낑대면서 물건을 들고 나온다.

강재덕 도희 왔어?

신도희 네, 오빠. 나 지금 바쁘니까 나중에 다시 얘기해요~

강재덕 오늘은 잘 될까 몰라…….

신도희, 자리로 돌아온다. 소녀는 신도희가 있었던 자리로 간다.

신도희 어때요? 여기 분위기가? 근사하죠?

고영석 (무덤덤하게) 뭐 그냥. 나쁘지는 않네요.

신도희 저기 있는 남자분이 여기 까페 사장님이고, 그 옆에 계신 여자분이…… 매니저라고나 할까? 둘이 잘 어울리죠? 누가 보면 정말 부부로 착각할 정도라니까요. (안주로 나온 것을 계속 먹어댐. 때마침 툭툭거리는 재덕과 혜은)

고영석 여자분이 사장님 같은데요. 남자분은 종업원처럼 보이고.

신도희 저도 처음에는 그렇게 봤거든요. 사장님이 저렇게 편한 옷을 좋아하니까 사람들이 오해를 하더라고요. 실장님은…… 뭔가 신비로운 집시 같은…… 묘하게 이 까페에 맞는 그런 분위기를 지닌 사람이에요. 아, 주문해야죠? 언니! (주혜은이 메뉴판을 들고 두 사람이 있는 곳으로 다가온다)

고영석 단골이시니까 좋은 걸로 고르시죠.

신도희 그럴까요? 흠…… 뭐가 좋을까……? 언니가 추천해주세요~!

주혜은 오늘 같은 날은 와인을 드셔보시는 게…… 페드로 레이트하비스트 어떠세요? 칠레산 화이트 스위트 와인이구요. 이제 곧 먼 여행을 떠날 사람과 함께 마시면서 소원을 속삭이면 이뤄진다는 나비설화로 유명하죠.

신도희　너무 낭만적이다. 어떠세요?

고영석　네, 좋습니다.

신도희　그럼, 부탁드려요.

주혜은　네, 그럼 준비하겠습니다.

신도희　전 여기 VIP예요.

고영석　아. 네.

신도희　아주 자주 오거든요.

고영석　그런 거 같네요.

신도희　지금 있는 곳이 압구정 로데오거리라고 하셨죠?

고영석　네…… 압구정역에서 갤러리아 쪽으로요.

신도희　언제 놀러 가도 돼요?

고영석　뭐, 시간이 허락한다면 얼마든지요.

주혜은, 와인을 가져오고 신도희가 테이스팅.

신도희　달콤하네요. 좋아요.

주혜은　(미소 지으며 잔에 따라주고) 즐거운 시간 되세요.

신도희　(영석과 건배를 한 후 한 모금 마시고) 당신을 만난 건 얼마 안 됐지만, 꼭 몇 년을 알아 온 것처럼 친숙해요.

고영석　(농담하듯) 흔히 호감이 가는 이성에게 우리 어디서 본 적 없어요, 내가 아는 누구랑 닮았어요라는 멘트를 하곤

하죠.

신도희   아뇨, 아뇨! 그거랑 이건 성격이 달라요. 없는 과거를 가짜로 만드는 게 아니라 지금 강렬하게 느껴지는 그런 feel?

고영석   (심드렁하게) 뭐, 감사합니다. 어쨌든 제가 그만큼 편안하다는 말이겠네요.

신도희   어제 꿈에 당신이 나왔어요.

고영석   제가요?

신도희   네에. 혹시 어렸을 때 봤던 그 드라마 기억해요? 초원의 집!

고영석   네. 뭐…….

신도희   그런 초원이 넓게 펼쳐진 조용한 시골 마을이었어요.

도희가 자리에서 일어서자 어디선가 앙상블들이 나와 퍼포먼스를 한다. 천천히 도희가 따라 함.

신도희   뒤로는 마치 알프스의 산맥처럼 만년설이 쌓인 산들이 마을을 지키듯 늘어서 있구요. 초원에는 양들이 메에~ 메에~ 거리면서 한가로이 풀을 뜯고 있죠. 그 한가운데에는 새빨간 벽돌로 지어진 작은 집이 있어요. 집 앞에는 잘 꾸며진 아담한 정원! 그 정원에서 당신이 아이들에게 목마를 태워주고 있었어요. 그걸 보면서 얼마나 행복하던지…… 그러다 당신을 향해 소리쳤죠. (도희와 앙상블 함께) 여보~ 식사하세요~!

고영석   여보?

신도희   (도희 일행 영석에게 우르르 다가가) 당신과 나의 아이들, 그리고 평화롭고 행복한 식사시간…… 난 꿈속에서도 두 손을 모아 기도했어요. 우리 가족 이렇게 영원히 행복하게 살게 해달라고!

고영석   도희씨. 너무 앞서 나가시는 거 아니에요?

신도희   (아직도 꿈에 젖어) 앞서 나가긴요! 이건 하늘의 계시예요. 당신과 나는 이미 연결되어 있단 거예요. 당신도 느끼나요? 이 강렬한 느낌?

고영석   우린 앞으로도 서로 알아가야 할 게 많고 또 가까워져야…….

신도희   살면서 알아가고 살면서 가까워지면 되죠.

고영석   그래도 감정을 일방적으로 강요할 수는 없잖습니까?

신도희   (꿈에서 깨어난 듯 싸늘하게 자리로 돌아온다. 앙상블들 퇴장. 사이) 그 감정이란 거 첫 만남 때 어느 정도 느꼈으니까 애프터를 하신 거 아닌가요? 어린 애들 장난삼아 하는 소개팅도 아니고…….

고영석   도희씨…….

신도희   (과장되게 상처받은 듯) 당신…… 눈빛이 이상해요. 왜 그렇게 보시죠? 그새 저에 대한 마음이 변하신 건가요?

고영석   처음엔 장난처럼 받아들였는데, 도희씨가 그런…… (뭔가 더 말하려다 포기하고) 죄송합니다. 제가 사과할게요.

신도희   사과라니요. 오히려 제가 사과를 해야 하는 걸요. 오늘 제가 말이 좀 많았죠? 앞으로는 말을 줄여서 하도록 할 게요.

고영석   아, 아닙니다. 하고 싶은 말 계속하셔도 돼요. (무척 좌불안 석인 모습)

신도희   (수줍어하다가 영석의 눈치를 보며) 많이 불편하세요? 아님 혹 시 맘에 안 드는 거라도? (사이. 냄새를 맡는다) 오랜만에 안 나수이 돌리 걸 향수를 뿌렸는데 싫어하시나 봐요. 금방 가서 씻고 올게요.

고영석   아, 아뇨. 괜찮아요. 향 좋아요, 좋아. 그냥 앉아 계세요.

신도희   돌리 걸 향을 싫어하는 건 아니었구나. 다행이에요. 제가 제일 아끼는 향수거든요. (사이) 제 친한 친구가 이번에 결혼했는데 그 친구는 3개월을 만나고 결혼을 하더라고 요. 제가 부케를 받았어요! 저도 머지않아 결혼하게 될 운명인가 봐요. 전 당신이 원한다면 당장이라도 결혼할 수 있는데…….

고영석   도희씨.

신도희   네?

고영석   다른 분을 만날 때도 항상 이랬었나요?

신도희   뭐가요?

고영석   막 앞만 보고 급하게 달렸냐구요.

신도희   무슨 말인지 잘…….

고영석   결혼이 무슨 당장 필요한 생필품 급하게 사는 것도 아니고, 충분한 교감과 사랑이 필요한 신성한 의식 아닙니까?

신도희 (다급하게 말을 자르며) 지금은 너무 무리였나요? 맞아요, 당신이 준비할 시간도 필요하겠죠. 저 기다릴 수 있어요. 한 달 어때요?

고영석 도희씨!

신도희 한 달도 모자라면 석 달. 석 달은 어때요? 석 달이면 모든 걸 충분히 준비할 수 있을 텐데…….

고영석 (한숨) 잠시만요, 전화 좀 받을게요. (자리에서 일어나 좌측으로 이동하여 전화를 건다) 여보세요? 야, 이 새끼야! 너 아무나 붙여줄 거야? 그래~ 저번에는 몰랐지. 그냥 조용조용한 게 맘에 들었지. 지금? 장난 아니다. 이 여자 사이코 아냐? 결혼 못 해서 환장한 여자라구. 그냥 오늘 가서 한번 달라고 해도 줄 기세다. 뭐? 미쳤어? 잘못 올라탔다가 코 꿰이고 인생 조질 일 있어? 됐어, 네 보험고객이고 나발이고! 긴말 말고…….

신도희 (오르골에 가서 서성거리다가 고영석한테) 무슨 노래 좋아하세요?

고영석 그냥 맘대로 트세요.

BT걸즈가 다시 등장하며 오버더레인보우를 부름. 앙상블들이 나와 함께 퍼포먼스를 한다.

신도희 그리운 나의 집으로 가고 싶어요. 썸웨어 오버 더 레인

보우~

고영석 뭐? 아직도 처리 못 했어? 곧 수술할 테니 준비하고 대기해. 그래, 알았어. 곧 갈게. (신도희, 자기 감정에 젖어 계속 노래한다) 저기, 도희씨. 죄송하지만 응급환자가 생겨서 병원에 가봐야 할 것 같네요. 빨리 마무리 짓고 돌아올 수 있으면 올게요. 오늘 즐거웠습니다.

신도희 (퇴장하는 영석을 따라가며) 저…… 저기요. 영석씨~! 꼭 돌아오셔야 해요~! 기다릴게요~!

신도희, 자리로 돌아오면서도 노래를 부른다. 뻘쭘한 앙상블들 하나하나 들어간다.

주혜은 요즘엔 성형외과에도 응급환자가 생겨?

강재덕 (물건을 나르다가 오르골을 닫으며 역시 황당해하는 밴드들) 성형외과에 응급환자가 어딨어. 차라리 항문외과 똥꼬환자가 응급환자겠지! (퇴장)

주혜은 그럼 게임오버네.

신도희 정말 바빠서 갔을 거야. 그랬을 거야…… 아냐, 내가 맘에 안 들었나? 내 머리 스타일? 아니, 어설프게 하고 나온 화장 때문일 거야. (갑자기 화장실 쪽으로 퇴장. 소녀, 화장실을 바라본다)

주혜은 (소녀에게) 아무리 그래도 소용없어. 이곳은 네가 있을 곳이 아니야.

소녀, 슬퍼 보인다.

주혜은 세상 끝에 애상산이라는 산이 있어. 그 산 위에는 위로 길게 뻗은 아주 커다란 철 기둥이 있는데, 얼마나 기냐 면 구름을 뚫고, 하늘을 뚫고 아주 높이 솟아있는 철 기 둥이야. 만약에 네가 그 철 기둥에 올라가 눈물을 한 방 울, 두 방울씩 떨어트려 그 철 기둥을 다 닳아 없앨 수 있다면…… 그래서 그 철 기둥 밑에 묻혀있는 눈물의 보 석을 가질 수 있다면 네가 소망하는 것을 이룰 수 있을 거야. 천년이 지나고 만년이 지나고서라도 그 철 기둥만 닳아 없앨 수 있다면…… 그래…… 그럼 너도, 나도 무 거운 운명 다 벗어버리고 다시 태어날 수 있겠지…….

백양철 (다급하게 등장하며) 왔나요?

주혜은 아니.

백양철 네……. (다시 퇴장한다)

소녀, 더욱 몸을 움츠려 있다가 갑자기 일어선다. 신도희, 전화하며 등장. 화장이 과할 정도로 진해졌다. 소녀, 표정이 밝아진다.

신도희 (자리로 오며) 그래…… 아니, 두 번 만나보니까 내 스타일 이 아니더라구…… 좀 거만한 느낌이랄까? 나 원래 그 런 족속 싫어하잖아. 내가 뭐 아쉬울 게 있나? 주말에 드 라이브 가자는 거 정중히 거절했어. 물론, 표정은 안 좋지. 좀 미안해지기도 하더라. 그래도 괜히 잘해줬다가 나한테 집착이라도 하면…… 어머, 나영이 깼나 보네? 호호, 너 닮아서 목청도 좋다 애. 좀 있으면 돌이던가? 아휴…… 갓난애 키우느라 너도 고생이 많다. 그래, 그래…… 수고하고 나영이 돌잔치 때 갈게. 어, 안녕. (전화를 끊고 한동안 멍하니 있다가 영석의 와인잔을 집어 바라보다 입술 자국을 찾아 그쪽을 대고 마신다)

#. 4장

강재덕, 노래를 부르면서 등장해 병을 정리하기 시작한다. 주혜은, 작은 지팡이를 들고 다니면서 마술을 부린다. 취한 듯 보이는 이서연, 등장해서 자리에 앉는다.

강재덕   어서 오세요. (주혜은에게) 맞지?

주혜은   응, 맞아.

강재덕   연락해 줄까?

주혜은   아냐. 극의 흐름상 곧 올 거 같은데……. (서연에게 가서 주문을 받는다)

강재덕   (주문 받고 돌아오는 주혜은에게) 프렌치키스 한 잔?

주혜은   잘 아네. 얼른 한 잔 줘봐.

강재덕   아니, 주방이다 못해 빠까지 나한테 미루는 거야?

주혜은　아까는 내가 했잖아.

강재덕　으이구 내가 정말 알바를 하나 뽑든지 해야지.

주혜은　그래, 이왕이면 어리고 이쁘고 늘씬하게 잘빠진 애 한 명 뽑아봐. 내가 나가줄게.

강재덕　됐거든요. 나도 단골 끊겨서 가게 문 닫고 싶진 않다구.

　　　강재덕, 칵테일을 만들고 가져다주려는데 백양철 등장.

백양철　혹시…… 왔나요?

강재덕 · 주혜은　(동시에) 응. (하면서 이서연 쪽을 얼굴로 가리킴)

백양철　(표정이 조금 밝아지면서 이서연 쪽으로 다가가며) 여기 있었구나.

이서연　응.

백양철　왜 그렇게 전화 안 받아?

이서연　오늘은 웬일로 야근 안 했나 보네?

백양철　어, 급한 것만 처리하고 나왔어. 여기 같은 걸로 한 잔이요. (담뱃불은 붙인다)

이서연　아직도 못 끊었어?

백양철　응? 아…… (얼른 담배를 재떨이에 비벼 끈다. 사이) 요즘 잠을 제대로 못 잤어? 피부도 칙칙하고, 다크서클이 그게 뭐야. 무릎까지 내려오겠다.

이서연　그게 한 달 만에 만난 여자친구한테 할 소리야? (강재덕, 술을 갖다 준다) 오빤, 나 어떻게 지냈는지 궁금하지도 않아? 하긴…… 일하고 결혼하신 분이 오죽하려구…….

백양철	보고 싶었어.
이서연	난…… 별로…….

사이.

백양철	내가 싫어진 거니?
이서연	응.
백양철	왜? 내가 뭐 잘못한 거 있어? 너한테 실수한 거 있어?
이서연	아니.
백양철	그럼 왜 내가 싫어진 건데?
이서연	그냥.
백양철	그럼 왜 그러는데? 말을 해줘야 알지.
이서연	그걸 꼭 말로 해야 알아? 아니 오빠는 말로 해도 모르잖아. 이제 싫다, 정말.

사이.

백양철	(조금은 진지해져서) 네가 먼저 좋다고 했잖아?
이서연	감정엔 한계가 있는 거야. 이제 오빠한테 희망을 못 찾겠어.
백양철	내가 변하면 될까? 내가 앞으로 잘하면 되잖아.

사이.

이서연 오빠. 오빠는 변하기 힘든 사람이야…… (사이) 오빠는 자기 안에만 갇혀있는 사람이야. 너무 견고하고 딱딱한 틀 안에 갇혀있어서 오빠한테 다가가려는 내가 아파. 오빠 옆에는 빈자리가 없어. 옆에 빈자리를 둘 여유도 없으면서 이러는 거 나한테 너무한다는 생각 안 해봤어? 그만하자. 서로 더 상처 주지 말고…….

백양철 인연이라는 거 쉽게 놓을 수 없는 거잖아. 그 인연을 쉽게 생각하는 게 더 이상한 거 아니야?

이서연 오빠는…… 사랑을 몰라…… 사랑하는 사람 표정은 안 그래. 오빠처럼 그렇게 무표정하지 않다고. 가슴 속부터 벅차올라서 혼자 있다가도 피식 웃는, 그런 생기 있는 얼굴, 그게 사랑하고 있는 사람 얼굴이야.

백양철 난 정말 진심이었는데…… 우리 아닌 거야? 왜?

이서연 진심? 가슴에 손을 얹고 생각해봐. 사랑이라는 감정인지 아님 그저 편하게 인연을 이어가기 위해 예의상 하는 행동인지…… (사이) 사람이라면 표현을 할 줄 알아야 돼. 좋아한다면 좋아한다, 사랑한다면 사랑한다, 싫으면 싫다고, 기쁘면 기쁘다, 표현할 줄 알아야 한다고!

백양철 난…….

이서연 오빠는 내가 못되게 굴어도 그저 미안하다 하고 내가 사랑한다고 해도 그저 웃기만 하고…… 내가 먼저 손을 내밀어야 마지못해 손잡아주고 내가 먼저 앞서가야 따라오는 사람이잖아. 뭐든지 나더러 알아서 하라고 하고 뭐든지 내가 먼저 원해야 그걸 하고…….

백양철 내가 성격이 좀 무심해서 그랬나 봐. 난 그냥 자연스럽고 편하게…….

이서연 그 자연스럽게, 천천히 하자는 말 좀 그만…… 오빠, 이건 성격이 아니야. 오빠는 아예 감정이 없어. 감정이 없으면 사람이 아니야…… 오빠는 꼭 로봇 같아. 무표정한 가면 뒤에 감춰진 웃고 있는 로봇. 심장이 없는 사람.

사이.

이서연 늘 오빠 뒷모습이 견디기 힘들었어. 내가 다가가면 웃으며 인사를 하지만…… 항상 눈빛은 비어 있어. 그런 거 이제 더 못 견디겠다.

백양철 (덤덤하게) 내가 한번 노력해 볼게…….

이서연 노력? 아니, 그건 노력으로 되는 게 아냐.. 우리의 인연은 여기까지인 거야. 오빠가 끊을 수 없는 거 내가 끊을게. (서연, 무릎을 꿇고) 오빠, 우리 헤어지자. (일어나 나가다가) 난 내가 오빠 상처 감싸줄 수 있을 줄 알았어. 근데 오빠는 옆에 있을수록 사람을 더 외롭게 해. 이제 그만하자. 미안해. (나간다)

백양철 (나가는 모습을 멍하게 바라보며) 로봇…… 로봇…… 로봇…….

#. 5장

나일훈, 권총을 들고 뛰어 들어온다.

나일훈　꼼짝 마! 모두 손들어. 그 자리에서 움직이지 마! 여기는 내가 접수한다!

신도희, 소리 지르며 손들고, 백양철 천천히 손을 높이 든다. 허수 아도 머뭇머뭇 손을 든다. 주혜은과 강재덕만 반응 없다.

나일훈　너희 둘은 손 안 들고 뭐 해! 얼른 손들어!

강재덕　한심하다. 좀 참신한 시나리오는 없어? 여기가 뭐 은행 이야? 웬 강도?

주혜은　현역경찰이 시민을 상대로 공포감을 조성하면 무슨 죄 가 성립되지?

나일훈　에이~ 재미없다. 다들 손 내리세요. 서프라이즈 쇼였습 니다. 캬하하하~!

강재덕　진짜 재미없거든! 다시는 하지 마.

주혜은　퇴근한 거야?

나일훈　아니. 미아리파 새끼들이 이 근처에서 장난친다고 민원 들어와서... 아, 정말. 퇴근하고 장난칠 일이지. 뭐야~ 남 퇴근도 못하게시리. 이 새끼들 다 잡아 조져야지.

주혜은　무슨 장난?

나일훈 업소마다 돌아다니면서 지네 오야붕 환갑이라고 축의금 걷는단다. 살다 보니까 별 그지 같은 것도 경험하고 재밌네, 재밌어. 암튼 나한테 걸리면 확 그냥! (갑자기 몸을 배배 꼬며) 아우, 나 물 좀 빼고 올게~ (다시 어깨를 펴고) 어디 한번 나타나봐라. (소변이 급한 듯 화장실로 들어간다)

주혜은 쟤네들처럼?

말과 동시에 건달 두 명 등장한다.

김달중 우와~ 여기 분위기 좋네. 오우~ 아가씨들! 이런 데를 왜 이제야 알았을까~

양하진 우리 누님. 잘 지내셨수?

주혜은 난 너 같은 동생 둔 적 없다.

김달중 허허, 이 여자 말 짧네. 아주 그냥~! (때리려는 시늉)

양하진 야, 새끼야. 누님이시다. 인사드려.

김달중 흠…… 미안하게 됐시다, 누님.

양하진 이 자식이 들어온 지 얼마 안 돼서 그러니 이해 좀 해줘요. 그나저나, 누님. 우리 큰형님이 이번 주 토요일날 환갑이라네요.

주혜은 그래서?

양하진 그래서 쬐깐한 반지 하나 사는데 좀 보태주십쇼.

강재덕 얼만데?

양하진 뭐 큰 건 안 바라고…… 한 장?

주혜은 십만 원?

양하진 아, 누님 농담도…… 공 하나 더 붙여야지.

강재덕 미쳤어? 늬들 뭐야? 야~나가~!

김달중, 강재덕을 때린다. 강재덕 자리에 주저앉는다.

양하진 무식한 새끼, 대가리에 든 게 없으니까 주먹으로만 해. 어이, 주방장 괜찮아?

강재덕 꺼져! 너희 같은 새끼들한테 줄 돈 없어!

김달중 너희 같은 새끼들? 너 말 참 귀엽게 한다.

김달중, 강재덕의 머리를 점층적으로 때린다. 이때, 백양철이 나와 말린다.

백양철 왜들 이러십니까? 말로 하세요.

김달중 이건 또 뭐야? 말이 안 통하니까 주먹으로 대화한다 씨 발아. (말리는 백양철을 밟는다)

양하진 야야, 그만해. 무식한 새끼…….

강재덕 (일훈 나오다 망설이는 모습을 보며) 형, 뭐해! 왜 가만히 보고만 있어!

나일훈, 뭔가 생각하는지 계속 덜덜 떨고만 있다.

주혜은	그만해! 내가 줄 테니 그냥 꺼져. (주혜은, 양하진에게 돈을 건네준다)
강재덕	이봐!
주혜은	그만! 돈은 내 월급에서 까.
양하진	역시 우리 누님! 고마워요. 큰형님한테 잘 말씀드리지요.
강재덕	(양하진의 돈을 뺏고 나일훈을 바라보며) 형, 뭐야! 형 경찰 맞아?
양하진	(당황하며) 뭐 경찰?
강재덕	저런 놈들 잡는 게 경찰 아니었어? 뭐야, 계속 모른 척하고.
김달중	씨바 좆 됐네.
나일훈	(눈을 질끈 감고 말을 더듬으며) 다…… 당…… 당신들은 변리사를 선임할 수 있으며…….

양하진, 상황을 파악하고 비웃으며 주머니에서 칼을 꺼내 나일훈에게 다가간다.

양하진	하~ 이거 좆밥 아냐? 그니까 네 말은 좆 같은 변호사를 선임할 수 있으며, 좆빠는 묵비권을 행사할 수 있다~ 이거지? (칼로 총을 쳐내며) 너나 까라 그래. (아이 어르듯) 아뇨~ 병신 이거. 니가 경찰이야? (김달중을 가르키며) 특수부대 출신 달중아. 어리버리 형사님께 인사 좀 드려라.

강재덕, 김달중에게 덤비지만 오히려 다치고 나일훈은 김달중에게

화장실로 끌려가 구타를 당한다.

허수아   (점점 흥분하면서) 그~~~만! 그만해!

테이블 위 병을 들고 화장실로 들어간 허수아, 달중을 병으로 내리
친다. 비명. 허수아, 깨진 병으로 김달중을 위협하며 나온다.

허수아   왜 괴롭혀! 왜 괴롭히는 건데!!

예상치 못한 허수아의 행동에 양하진 뒷걸음질친다.

양하진   이…… 이건 또 뭐야? 별 또라이 같은 년이…… 야……
          나중에 오자…….

김달중   네…… 네…….

양하진   누님, 두 시간 뒤에 봅시다. 그때까지 좀 준비해주슈~ 너
          주방장새끼 너 두고 봐.

양하진, 김달중 퇴장하다 양심자와 크로스된다.

양심자   (무대 밖에서) 아야! 뭐여? 쳐놓고도 미안하다 안 하나? 아
          야 여기 서봐라. 서보라고 호로잡놈들아! 야 이눔아! (들
          어와서) 저런 젊은 놈들이 싸가지 없이…… (주위를 둘러보
          며) 여긴 시방 왜 이따우로 허벌창 나부렀냐? 무슨 일이

있었어? 누가 이런 거여?

허수아 멈췄다가 다시 흥분하여 날뛰기 시작한다. 양심자, 그러한 허수아를 잡아 진정시킨다. 허수아 풀썩 주저앉고 만다. 모두 멍한 상태. 암전. 어둠 속에서 무대가 자동으로 열리면서 BT걸즈가 나와 노래를 부른다. 한창 노래가 진행될 때 양심자가 무대를 향해 뭔가를 던져 BT걸즈 멤버가 맞는다. 울상이 되면서 닫혀버리는 무대.
암전.

2막

자막 난쟁이들이 큰 구두를 신고 왈츠를 추는 밤.
붉은 것은 붉은 것들끼리, 푸른 것은 푸른 것들끼리
아픈 것은 아픈 것들끼리.

#. 1장

다들 허탈하게 앉아있다.

양심자 (담배를 피며) 이런 썩을 놈의 새끼들. 어디 뜯을 게 없어서 이런 쓰러져가는 다방을 뜯어? 옘병! 남자새끼들이 여럿 있어서 고론 양아치새끼들을 못 막아? (전화를 건다) 아따 썩을 놈의 영감! 왜 전화를 한 번에 안 받는 거여! 탕 속이라고? 옘병! 탕 속에는 왜 전화를 들고 들어간 겨! 내 전화 기다렸다고? (점점 반색하며) 지랄하고 자빠졌지만 고마워잉? 자기 얼릉 여기 와부러야겠다. 아따 이유는 묻지도 따지지도 말고! 어떤 노무 새끼가 내 밥에 침 뱉어 부렀어! 응 그려! 자세한 건 내가 카톡으로 보낼껴. 잉. 그러니까 얼릉 싸게 오드라고 얼릉! (허수아를 가리키며) 어찌 쟤보다 못햐! 느그들은 쟤가 지켜준 겨!

45

허수아　괴롭히지 마…… 괴롭히지 말란 말이야!

양심자　아이, 정신 사납게 하지 말고 가만 있어봐, 이년아. 아따, 오늘 여그서도 봉사 작업을 들어가야 쓰겠네. 이건 무슨 점쟁이가 아니고 사회복지사여. 어디 있어 보자. 내가 다 끄집어 내줄텡게…… (가방을 뒤지다가 해골을 꺼내며) 옘병 이건 왜 여기 들어가 있는 거여! 영감탱이 재털이여. (다시 뒤지다가 구슬을 꺼낸다) 너 일로 와봐라. 돈 안 받을텡게 여기다 손 한번 대봐.

강재덕　무슨 수작이야?

양심자　싸가지 없이…… 그냥 쳐 봐봐. 자 이제부터 마음속에서 끄집어 내지 못하는 것들을 이 녀석이 끄집어 낼 것이여. 수미끼리 수미끼리 와리바시 오꼬노미야끼 다이소 아리가도.

강재덕　무슨 주문이 후루꾸 일본말이야?

양심자　아, 썩을! 수정구슬이 메이드인 저팬이라 그라지!

강재덕　그냥 쌀이나 뿌리지 별…….

양심자　글로벌 시대를 준비할라고 하나 장만했다, 이 시키야. 조용혀! 이제 막 접신했응게.

#. 2장

허수아, 주변을 무섭게 쳐다보다가 갑자기 주저앉아 웅크린다. 조민정 나타난다.

조민정 (밝게 웃으며) 안녕!

허수아, 조민정의 손짓에 움찔하며 민감하게 반응한다. − 때리는 것에 대한 반응

조민정 나 오늘 전학 온 민정이라고 해. 반가워!

허수아 (살짝 바라보다 다시 고개 돌아감)

조민정 뭐, 기분 안 좋은 일 있어? 나 대전에서 전학 왔거든. 그래서 이 동네는 잘 몰라. 네가 많이 가르쳐줘. 우리, 잘해보자. 참, 이름이 뭐니?

허수아 내…… 내 이름 수아.

조민정 수아~ 그래 수아야, 우리 친구하자. 악수~ 아니 오른손 말고 왼손으로 악수하자. 그게 내 심장하고 가까우니까…….

왼손으로 악수하는 두 사람, 효과음으로 가위바위보 등 놀이노래가 나옴. 아이들 웃음소리.

허수아 (씨익 웃으며) 우리 아빠는 구케으원. 항상 바빠. 아빠는 항상 밖에만 있고 엄마는 홍콩에 있어…… 난 밥해주는 은자아줌마랑 둘이 집에서 살아. 수아 친구 없어. 나랑 친

구 안 되고 싶어해.

조민정 　걱정 마. 내가 영원히 네 친구해줄 테니까. 우리 평생 친구하는 거다. 약속~

허수아 바닥에 쭈그려 앉아있다. 샤막 뒤 아이들 실루엣. 목소리들
찐따. 재수없어 등등
허수아, 맞는 듯이 점점 바닥으로 몸이 내려간다.

조민정 　니들 왜 그러니?

목소리 　넌 무슨 상관인데?

조민정 　나? 친구다! 왜?

목소리2 　너 왜 왕따랑 놀아!

조민정 　왜 놀면 안 돼?

목소리 　재랑 놀면 너도 왕따시킨다!

조민정 　마음대로 해라. 니들이 뭐라고 해도 난 수아랑 놀 거니까!

목소리2 　알았어~ 두고 보자.

조민정 　나쁜 애들이야. (애들한테) 친구랑 친하게 지내는 게 뭐가
나쁜 건데!

허수아 　고마워…… 정말 고마워…….

조민정 　고맙긴, 우리 친구잖아. 오늘 우리집에 놀러갈래?

허수아 　그래도 돼?

조민정 　가자~ 엄마가 카레라이스 해준다고 했거든. 히히

허수아 　수아 행복했어요. 친구가 생겼어요.

조민정	(울면서) 수아야…… 어떡해…….
허수아	민정아, 왜 울어 아파? 호~~
조민정	우리 아빠 해외파견 나간대…… 엉엉엉…….
허수아	어디로 가는데?
조민정	말레이시아…… 엉엉엉…….
허수아	그런데 왜 울어? (조금씩 울먹울먹한다)
조민정	이제 너랑 헤어져야 하잖아. 어떡해.
허수아	수아 괜찮아. 민정이 금방 오잖아.
조민정	나 가기 싫어. 그냥 너랑 같이 여기서 살았으면 좋겠어.
허수아	괜찮아 괜찮아 민정이 금방 올 거잖아.
조민정	그래도 가기 싫어.
허수아	수아 기다릴게. 수아 매일 편지할게. 울지 마, 민정아. 민정이 울면 수아도 울어.(엉엉)
조민정	미안해 수아야. 나 매일매일 편지할게…… 나 잊으면 안 돼!
허수아	그래~ 너도 나 잊으면 안돼.
조민정	약속!
허수아	약속! 도장! 헤헤…… (사이. 밝게) 민정이랑 헤어지고 매일 편지를 썼어요. 민정이 편지도 많이 왔어요. 그런데 일년 후에는 편지가 안 와요. 수아 매일매일 편지 보냈는데 민정이 편지 안 와요. 그런데 수아 많이 컸을 때 길에서 민정이 봤어요.
허수아	민정이……?

조민정   맞는데 누구시죠?

허수아   나야 나 수아. 허수아!

조민정   (약간 당황해서) 아아…… 너구나. 오랜만이다.

허수아   한국 왔구나. 돌아왔구나

조민정   몇 년 됐어.

허수아   수아 민정이 많이 보고 싶었어.

조민정   그…… 그래?

목소리   민정아, 뭐해? 영화시간 다됐어.

목소리2   이게 누구야? 찐따 허수아 아냐?

목소리   야아~ 정말 오랜만이네. 민정아, 애랑 계속 연락하고 있
          었어?

조민정   아냐, 지금 우연히 만났어.

목소리2   그래 설마 민정이가 아직도 애랑 어울릴까…….

조민정   영화시간 놓치겠다. 가자!

목소리   그래. 허수아 쟤, 여전히 어리버리네.

목소리2   너 조심해라. 쟤네 아빠 국회의원이래. 잘못하면 잡혀가.

          사이.

허수아   민정아…….

조민정   말하지 마. 그냥 이젠 나라는 존재 없는 걸로 생각해.

허수아   우리 집 갈래? 우리 집 여기서 가까워.

조민정   아니, 안 가. 나 너랑 함께한 과거는 잊고 싶어.

허수아　민정아. 왜 그래. 너 변했어?

조민정　내가 변한 것 같니? 내가 변한 게 아니라 네가 변하질 못한 거야..

허수아　수아, 민정이 많이 보고 싶었어…….

조민정　이제 잊어. 과거는 과거일 뿐이야. 나도 이제 철없는 어린애가 아니고

허수아　민정아…….

조민정　불쌍한 아이…… 잘 살아. 그리고 사람을 믿지 마. 마지막으로 악수나 하자. (손을 내민다)

허수아　(왼손을 내밀며) 왼손으로 악수해. 그게 내 심장하고 가까우니까…… 난 사람은 안 믿지만 친구는 믿어…… 친구니까……. (씨익 웃는다)

양심자　으이구 이 둔자바리 같은 년. 그러고도 웃음이 나오냐?

강재덕　웃어도 지랄, 울어도 지랄 뭐 어쩌라는 거야?

양심자　넌 숨 멈추는 게 도와주는 거여!

신도희　그랬구나. 수아씨도 외로웠었구나. 마음 아팠었구나.

나일훈　수아씨 웃는 모습 보면 꼭 상처 같은 건 없는 사람 같습니다.

백양철　수아씨처럼 환하게 웃는 거 보면, 저도 그렇게 환하게 웃고 싶어져요.

허수아　헤~ 쉬워요. 해봐요. 헤헤~

다들 허수아의 헤헤를 따라한다.

백양철 난…… 못하겠어요. 크게 웃는 것도 펑펑 우는 것도 화를 내는 것도 어떻게 하는 건지…… 이제는 감정이란 게 뭔지도 잘 모르겠어요.

강재덕 아까 그놈들이 나 때릴 때 욱해서 달려든 거 아냐? 그게 감정이지.

백양철 아뇨, 단지 그건 어릴 때부터 나쁜 거다 좋은 거다 배운 대로 행동한 거예요. 의무감처럼 느껴지는 그런 거 있잖아요.

신도희 맞아서 아프지 않았어요? 상처도 많이 났을 텐데…….

백양철 네, 아팠어요. 그리고 아까 밟힌 데가 쓰라려요.

주혜은 그게 감정이라는 거야.

강재덕 아까 여자친구와 헤어질 때 느낌은 어땠는데?

백양철 글쎄요…… 뭐랄까 가슴이 답답하면서 뻐근하고 머리가 좀 어지럽고, 갈증이 심하게 났어요.

신도희 보고 싶지 않아요?

백양철 없으면 뭔가 허전한데…… 함께 있으면 어떻게 해야 될지 모르겠고…….

강재덕 첫사랑이야?

백양철 아니요. 첫사랑은 대학교 1학년 때 만난 동아리선배.

강재덕 첫사랑은 짝사랑이기 쉽지.

신도희 오빠, 조용히 좀 해봐요. 난 사랑 얘기 좋아.

백양철 누난 나의 천사였어요. 그 하얀 피부에 환한 웃음. 처음엔 인형 같은 그 모습에만 눈길이 갔어요. 어느 술자리에선가? 만취한 내 곁에 앉아있던 누나가 괜찮냐며 빨개진 내 볼을 고운 손으로 식혀줬어요. 근데 갑자기 심장이 쿵쾅거리고 빨개진 볼은 더 빨갛게 달아오르고…… 누나를 향한 나의 마음이 사랑이구나를 그때 알았어요. 내 생애 가장 가슴 떨리던 시간들이었어요. 그 뒤로 누나를 만나기 위해 태어나서 처음으로 수업도 제끼고 동아리방에서 죽치기도 하고…… 누나가 자주 가는 커피숍이나 음식점을 쫓아다니기도 했구요. 누나 곁엔 항상 사람들이 많았어요. 그래서 곁에 다가가기가 힘들었죠. 그러던 어느 날이었어요. 누나가 술에 취해서 날 찾아왔어요.

#. 3장

어느새 등장해 양철 옆에 앉는 은주. 장은주, 양철의 어깨에 머리를 기댄다.

장은주 넌 내가 싫어?

백양철 아, 아니요, 누나. 그럴 리가요!

장은주 근데 왜 맨날 멀리서 쳐다만 보고 내 옆으로 안와?

백양철 아…… 전 그냥…… 누난 이뻐서 항상 주변에 사람들이 많잖아요.

장은주	피- 내가 이뻐?
백양철	그, 그럼요. 내가 아는 사람 중에 제일요.
장은주	정말? 그럼 우리 뽀뽀할까?
백양철	네?!

장은주 이미 눈을 감고 입술을 양철에게 내밀고 있다. 양철 눈을 감고 떨면서 서서히 은주에게 다가간다.

장은주	풋! (양철 얼굴을 손바닥으로 밀치며) 장난이지. 너 진짜 웃긴다. (자지러지게 웃는다) 정말 진지해서 내가 여친이라면 뻑 가겠다야!
백양철	아, 흠. 흠…… 네. 누나. (머리를 긁적인다)
장은주	(다시 어깨에 머리를 기대며) 양철아. 난 있지. 외로움을 너무 많이 타. 혼자 있는 게 너무 싫어. 누가 항상 옆에 있어줬으면 좋겠어. 양철아. 내가 혼자 있으면 언제든 달려와 줄래?
백양철	네, 누나…… 언제든지요!
장은주	(갑자기 백양철의 뺨에 뽀뽀를 하고는) 고마워. 내 기사님……. (다시 백양철에게 기댄다)
백양철	(미소 지으며) 그날 이후 전 여전히 누나의 주변에 머물렀고 그러다 술에 취한 그녀를 집에 바래다주고…… 그날도 술에 취한 그녀의 전화를 받고 학교 앞 단골술집으로 달려갔어요. (표정이 굳어지며) 그런데 그녀의 옆엔 이

미 다른 남자가 있었어요. 대학병원에서 인턴으로 있는, 잘 생겨서 여자후배들 사이에 인기가 좋았던 해일선배. 왠지 그 선배 옆에 있는 그녀의 곁에 다가갈 수 없었던 난…… 둘의 뒤를 몰래 숨어서 쫓아갔어요. (아주 긴 사이. 담배를 꺼내 피우고 불안한 마음을 제어 못하듯. 겨우 말을 이어간다) 그렇게 어째야 할지 모르겠는 심정으로 모텔 앞에서 밤을 지새우고…… 아침에 선배의 팔짱을 끼고 나오는 그녀를 봤죠. (사이) 그 후 며칠간 폐인처럼 죽는 사람처럼 지내다가 누나를 찾아 갔어요.

백양철 누나. 나 누나 좋아해요.

장은주 응? 갑자기 무슨 말이야? 너 진짜 진심이야?

백양철 나 누나 생긋 웃을 때 사과 같은 볼, 감기듯 가늘어지는 눈매도 좋고, 귀엽고 상냥한 목소리, 손짓…… 그냥 모든 게 다 좋아. 누나랑 얘기할 때 너무 설레고, 누나가 내 옆에 있던 아니던 난 항상 누나 때문에 가슴이 뛰어. 나 정말 누나 사랑하는 거 같아.

장은주 양철아, 고마워. 나도…… (진지하게) 사실 너에게 누나라고 불려지는 게 힘들었어.

백양철 그래?

장은주 앞으론…… 형이라고 불러 알았지? (크게 웃으며) 아 오글거려.

백양철 …….

장은주 야~ 나도 좀 가르쳐 줘라. 난 그런 닭살 멘트 못 날리겠는데…… 너 그 멘트로 꼬신 여친 이 형한테 제일 먼저 소개시켜줘야 한다? 알았지 임마?

백양철   …….

장은주   (웃음을 멈추고) 양철아. 나 외로움 아주 많이 타는 사람이야. 외로움에 사무쳐서 심장이 아주 시려. 그래서 따뜻한 사람 만나야 돼. 네 마음 모르는 건 아닌데 너랑 나랑 같이 있으면 세상이 얼어붙어 버릴 거야. 넌 너무…… 로봇 같아. 그냥 성실한 기사 같은 로봇.

백양철   로봇. 로봇…… (사이) 사실 전 어려서부터 그랬어요. 전 사람들과 소통하는 게 조금 힘들었어요. 농담도 할 줄 모르고…… 친구들, 담임선생님도 절 그저 딱딱하고 재미없는 애라고만 했어요.

양심자   (수정구슬에 손을 대고 눈을 감은 채) 한 아이가 혼자서 열심히 다리를 놓고 있구만. 근데 그 다리 건너편에 이 아이를 맞이해주는 사람이 아무도 없었어.

백양철   사람들은 저와 맘 속 깊은 얘기를 하려 들지 않았어요. 적당히 벽을 쳤죠. 저도 그게 편했어요. 저 역시 그렇게 벽을 치고 그냥 늘 배운 대로 착하게, 성실하게 살기만 하면 아무 문제될 게 없었으니까요. 근데, 누나를 만나서 처음으로 그 벽을 깨고 어떤 뜨거운 느낌이 밑바닥부터 차올랐어요. 그런데 내게 처음으로 절실한 감정을 느끼게 한 그 누나에게 조차…… 그 뒤로 다시 열심히 공부만 했어요. 졸업하고 취직하고…… 그리고 또 열심히 일만 하고…… 그러던 어느 날 서연이가 제게 다가왔어요. 전 너무 좋았는데…… 전 정말 어떻게 해야 할지 모르겠어서…… 그냥 정말 방법을 몰랐을 뿐인데 서연이조차 제게 로봇…… 이라고…… 전 정말 사랑이 뭔지도 모르겠고 여자 맘도 모르겠어요. 이젠 그냥 제가 이상한 사람 같아요. 평생 이렇게 살아야 하나 봐요.

#. 4장

양심자 양철의 등짝을 후려친다.

양심자 사내 시키가 약해빠진 소리 하고 있어.

주혜은 당신 감정을 외면하지 마. 사람에게 다가가는 다리 만드는 걸 포기하면 안 돼. 다리를 건너가는 것도. 계속 걸어가다 보면 언젠가 건너편에 사람이 나타날 거야.

강재덕 어쩌면 계속 건너편에서 기다리고 있었는데 안개 때문에 보지 못했는지도 모르지.

허수아 아까…… 밟힌 데는 아프지 않아요? 봐봐요. 제가 약 발라줄게요. 헤~

강재덕 아! 아, 나도 갑자기 통증 돋네. 자기야, 여기 좀 봐봐. 나 피 나지?

양심자 엠병, 닭살 보톡스 맞는 짓 허고 있네.

주혜은 에휴…… 어디 봐봐. (주혜은 재덕의 상처를 봐준다)

나일훈 모두들 죄송합니다. 저 때문에…….

강재덕 병신.

주혜은 그만해.

나일훈 무서워서 그랬어.

강재덕 지랄한다. 아니, 도대체 그 시커먼 비주얼에 뭐가 무서워? 맨날 흉악한 놈들 잡으러 다닌다고 노랠 불렀잖아.

나일훈 나 사실…… 십년 전부터 현장일 안 해. 책상에서 서류만 만진다.

강재덕 아니, 왜?

양심자 지랄 같은 아픔이 있으니 그라제, 엠병.

신도희 가정을 잃은 아픔이거나.

백양철 사랑을 잃은 아픔이거나.

허수아 친구를 잃은 아픔……?

나일훈 아뇨, 아네요. 그런 게 아니에요. 난…… 난 너무 큰 죄를 저질렀어요. 난…… 난 정말 너무 무서워서…… 그래서…… 나 같은 건 그냥 죽어버려야 돼. 아무 짝에도 쓸모없는 개쓰레기…….

강재덕 잘 아네, 쓰레기. 당신 같은 사람을 믿고 시민들이 맘 놓고 잘 수 있겠어? 그러니까 경찰이 항상 뒷북만 친다고 욕이나 먹지.

주혜은 그만해.

강재덕 뭘 그만해? 이 비겁한 자식 때문에 몇 사람이 피해를 봤는데? 이런 새끼들 때문에 선량한 시민 여럿 죽어나가는 수가……

주혜은　(소리친다) 그만하라구! (정적. 사이) 모든 고통이 시간이 지나면 해결될 거라고 생각하는 건 착각이야. 때론 상처를 더 깊숙이 감춰줄 뿐이지. 더 썩어가는 줄도 모르고…… (나일훈에게) 당신…… 그 썩어가는 상처 그대로 둘 거야?

양심자　드러내란다고 드러낼 수 있겠나? 상처를 드러내고 아픔을 마주 보는 것도 용기가 필요한 거여. 너두 일루 와봐, 이 시키야.

나일훈　(사람이 달라지며 뭔가에 홀린 듯) 난…… 그래 처음부터 난…… 총을 쏠 줄도 싸울 줄도 몰랐어. 항상 대련용 인형들이나 연습용 과녁이나 상대했을 뿐이지. 출동을 하면 항상 구석에 숨어 있다가 다른 동료가 연행해 오는 놈들을 끌고 가서 험한 욕이나 했지, 정작 현장에서 어느 누구와도 싸워본 적 없어. 십년 전 그 사건이 있기까지……

강재덕　그 사건?

나일훈　그날도 철야근무였고 난 강간범 용의자가 살고 있다는 골목에서 잠복근무를 하고 있었어. 차에서 잠깐 눈 붙이고 있는데 갑자기 여자의 비명소리가 들리는 거야.

#. 5장

여자의 비명. 나일훈, 총을 빼서 겨눈다.

나일훈 (덜덜 떨며) 꼬…… 꼼짝 마! 경찰이다!

강간범 (음산하게 나타나며) 흐흐흐흐 제가 뭘 잘못했다고 그러세요. 그냥 이 아가씨에게 길을 물어본 것뿐인데…….

나일훈 길을 물어보는데 치마는 왜 벗겨? 허튼 수작 말고 손들어! 널 현행범으로 체포한다.

강간범 (천천히 손을 들고 일어난다) 에이 형사님도 솔직히 밤길 다니다 여자 보면 꼴리잖아요. 우리 이러지 말고 협상하죠. 형사님부터 하고 제가 나중에 할게요.

나일훈 미친 놈! (잠시 방심) 아가씨, 괜찮으세요?

이때, 날렵하게 강간범 돌아서면서 나일훈을 칼로 찌른다. 나일훈, 비틀하면서 총을 쏜다. 여자 비명. 암전

나일훈 (한쪽 뺨과 손바닥에 피 칠갑이 되어있다. 배쪽에도 조금 묻어있다) 내 배에 흐르는 내 피와 온몸에 튀어버린 그놈의 피. 방심한 틈에 칼을 휘두르는 그놈을 난…… 난…… (총을 떨어뜨린다) 얼굴을 정통으로 맞았는지 얼굴 반이 날아가 버렸어. 그 흐르는 피와 골수…… 그 여자는 기절해 버렸고 나도 미친 듯이 소리를 지르다가 기절해 버렸어. (사이)

나중에 깨어보니 병원이었고 난 삼일 밤낮을 잤었다고 하더라. 매일 꿈속에서 그놈이 나타났어. 멀쩡한 얼굴이 갑자기 너덜너덜한 고깃덩이로 변해버리고, 나에게 복수하겠다고 울부짖고 있었어. 한동안 잠을 자는 것도 무서웠고 사람들 얼굴을 바라보는 것도 무서웠어. 어디선가 총알이 날아와 머리를 산산조각 낼까봐.

백양철　(서서히 전체 조명 전환) 그건 정당방위잖아요.

나일훈　하지만 난 사람을 죽였어. 내가 죽인 사람은 땅 속에서 구데기밥이 되었는데, 난 밥도 잘 먹고, 술도 잘 먹고, 이렇게 숨도 잘 쉬면서 살고 있잖아. (울먹인다)

양심자　아따 썩을 놈아, 울음 뚝 그쳐! 덩치는 산만한 게 어디서 찔찔찔…….

주혜은　근데 어디서 갑자기 이렇게 피가…….

서서히 조명이 밝아지면 강재덕이 케첩병을 들고 낄낄대며 장난치고 있다. 양심자가 욕을 하며 재덕의 뒤통수를 거세게 후려친다. 주혜은, 한숨 쉬며 케첩병을 뺏어 바에 둔다.

신도희　오빠 못됐어요! (휴지로 나일훈의 피-케첩-를 닦아주며) 많이 무서웠겠어요.

나일훈　당연히 아프고 무섭고 두렵지…… 난 어릴 때부터 맞고 자랐어. 고등학교 때까지 항상 일진 애들한테 얻어맞고 뻥 뜯기고 그랬어. (허수아, 종이 접던 손을 멈추고 표정이 어두워

진다) 나중에 커서 그런 놈들 혼내주는 경찰이 되겠다고
했는데…… 난 그때나 지금이나 변한 게 없어. 여전히
겁쟁이야.

강재덕 아까 그놈들이 다시 온다고 안했어? 신고해야 하는 거
아냐? 경찰 옆에 놔두고 파출소에 신고해? 어이없다.

나일훈 안돼! 신고하지 마! 나 그러면 그놈들이 나 괴롭힐지 몰
라! 밤길 못 다닐지도 몰라! 나 무서워!

양심자 (나일훈 머리통을 후려갈기며) 시꾸라 이 시키야. 오늘 아주 여
기저기서 지랄이 풍년이구먼. 아, 겁탈 당하는 여자 구해
준 게 어찌 잘못이냐. 아주 그냥 꼬치를 짤라 버려야 할
새끼들이여.

신도희 그런 놈들은 죽어도 싸요. 아니, 죽어야 되요. 그런 놈들
은…… 이 세상에서 없어져야 돼. 나쁜 새끼!

소녀의 훌쩍이는 소리.
도희의 반응. 열심히 주변을 두리번거린다.

신도희 어디야? 너 어디에 있어? 나와~. 나랑 같이 놀자!

양심자 (수정구슬에 손을 대고 눈을 감은 채) 그림자로만 살던 저 년이
애미를 부르는 게야. 처음이자 마지막으로……

강재덕 누가? 누가 누굴 불러?

양심자 시꾸라! 그냥 보고만 있어. 으이그…… 불쌍한 년.

#. 6장

교복을 입은 여고생 도희 등장한다.

신도희   학교 다녀왔습니다. 엄마…… 아빠…… 다녀왔습니다.
(반응이 없자 그냥 쭈그리고 앉아 혼자 논다)

도희엄마   당신, 정말 왜 이래? 도희 나 혼자 낳았어? 당신 딸이기
도 하잖아! 당신이 키워!

도희아빠   당신, 엄마 맞아? 애한테는 엄마가 필요한 거 몰라?

도희엄마   그 속을 누가 몰라? 재혼하는데 방해될까봐 그러는 거잖
아? 당신 잘되는 꼴 두 눈 뜨고 볼 줄 알아?

도희아빠   이 사람이 지금 말 다했어?

신도희   (귀를 막고 있다) 추워요. 너무 추워요. 엄마~ 아빠~ 도희
추워요. (서서히 손을 떼며) 사랑받고 싶어요. 너무 추워서
견딜 수가 없어요.

선생님   우리 도희 춥니? 내가 따뜻하게 해줄게.

신도희   (큰소리로) 아파요…… 아파요, 선생님.

선생님   처음엔 다 그래. 아픔 없는 사랑은 진정한 사랑이 아니야.

신도희   이게 사랑이에요?

선생님   그럼~ 이게 진정한 사랑이고 사랑을 표현하는 희열이
지. 도희야, 사랑해. 너도 선생님 사랑하지?

신도희   네…… 선생님…….

선생님   도희 선생님 믿지?

신도희	네.
선생님	졸업하면 우리 결혼할까? 응?
신도희	네. 선생님, 저 너무너무 행복해요.

잠시 암전. 아기 울음소리.

신도희	내 아기…… 내 아기 어디 갔지?
목소리1	아기가 왜?
신도희	아기가 울고 있어요. 내 아기가 울고 있어요.
목소리2	아기는 떠났어. 네가 아기를 버렸잖아.
신도희	아니에요! 전 아기를 버리지 않았어요. 아기를 버린 게 아니야. (사이) 엄마아빠가 부풀어 오르는 제 배를 보고 병원에 데리고 갔어요. 임신이라는 말에 아빠는 날 마구 막 때렸어요. 애 아빠가 누구냐고, 빨리 말하라고. 밤새도록 맞다가 지쳐서 얘기를 해버렸어요. 국…… 어…… 선…… 생…… 님…….
선생님	미쳤습니까? 학생하고 그런다는 게 말이 됩니까? 애들 하는 말을 다 믿습니까? 그렇지 않아도 도희는 또래 남학생들이랑 안 좋게 어울리기로 소문이 났는데 저를 그런 애랑 엮다니요? 그 남학생들 만나서 물어보시죠. 참 불쾌합니다. 저 다음 달에 같은 학교 영어선생님이랑 결혼할 사람입니다. 학교 다른 선생님들도 다 아는 사실인데, 이런 어이없는 소문이 돌면 학교에서나 사회적인 제

지위가 어떻게 되겠습니까, 선생인데! 자꾸 이러시면 고소하겠습니다.

신도희 안돼요.

목소리 지워. 잘못 잉태된 생명이야. 네 미래를 망칠 거야. 그 나이에 책임질 수 있어? 지워! 걔도 너처럼 사랑받지 못할 운명이야. 지워! 지워! 지워!

신도희 안돼요…… 안돼…… 내 아기! (비명. 아가의 울음소리. BT걸즈의 애절한 노래가 나오면 신도희, 다리 사이에 아기의 잔해를 쓸어 담듯 안고 정신없이) 아기야 미안해…… 아기야 미안해. 엄마가 미안해…… 다시 태어나…… 꼭 다시 태어나…… 다시 태어나게 되면 꼭 내 아기로 태어나줘…… 엄마가 빨리 착한 아빠 만나서 따뜻한 가정 만들 테니까 그 때 다시 와서 우리 아가로 예쁘게 태어나줘…… 미안해 아가야…… 사랑해 아가야……. (신도희, 노래 같이 따라 부른다)

소녀 (신도희에게로 다가가 신도희를 안아준다) 엄마…… 난 괜찮아…….

#. 7장

신도희와 소녀. 주혜은에게 안겨있다 천천히 다독거려준다.

백양철 마음이…… 아프네요.

주혜은   서둘러 상처를 덮으려고 하지 마. 숨기지 않아도 돼. 그리고 위로 받아도 돼. 네 잘못이 아니야.

강재덕   (주혜은을 바라보며) 그래. 누구의 잘못도 아니야.

주혜은, 신도희를 일으켜 다시 테이블로 데려온다.
양심자, 눈을 감고 수정구슬에 손을 댄 체 무언가 중얼거리기 시작한다.

신도희   사랑 받고 싶었어요. 나도 사랑 받고 싶어요. 그래서 행복한 가정을 만들고 싶어요.

주혜은   그래. 서둘지 말고 천천히…… 상처를 마주보고, 아물길 기다려. 언젠가 너랑 따뜻한 가정을 만들 사람이 나타날 거야. 행복해질 거야.

신도희   그럼…… 불쌍한 내 아기도 다시 돌아올 수 있을까요?

주혜은   (소녀를 보면서) 그럼~ 엄마가 행복해지면 아기는 다시 돌아올 거야. 그렇지? (소녀 끄덕거린다)

양심자   발목 잡던 슬픔이 풀어지니 아가가 몸을 비우고 돌아가는 구나. (주문을 멈추며) 내가 삼신할매한테 물어봉께 저년이 니년한테 올 꺼라니까 걱정하지 말어.

신도희   저년요?

양심자   아 있어. 고런 년…… 이년아. 좀만 참고 기다려봐. 곧 좋은 놈 만날 수 있을텡게.

신도희   네…… 서둘지 말고 참고 기다릴게요. 정말 나를 사랑해

줄 사람이 나타날 때까지…… 그리고, 아기가 태어나면 정말 사랑해줄 거예요.

양심자 이제 다들 그만 무겁게 하고 살어. 인간은 원래 모두 가벼운 존재니께.

나일훈 네. 잘해낼 수 있을 거예요. (신도희를 보며) 힘내세요. (소녀, 흐뭇하게 웃는다)

허수아 뭔가를 접어서 나일훈에게 준다. 별(보안관뱃지)이다. 거기에는 영웅이라고 씌여 있다.

나일훈 이게 뭐예요?

허수아 당신의 용기…… 그 여자 고마울 거예요. 다른 사람들도 그럴 거예요

나일훈 하지만 나는…….

허수아 당신은 영웅이에요. 보안관!

나일훈 나 같은 겁쟁이가 무슨…….

양심자 이노무시키야. 네가 그렇게 지랄해댔으니 고 년이 나쁜 일을 안 당하게 되고 고 년 가족들을 포함해서 많은 사람들이 행복해졌자녀! 그니까 옘병 떨지 말고 그거 받고 앞으로도 호로자슥들 막 갈겨부러!

강재덕 그냥 나오는 대로 막 쏘아대네…… 갈기긴 왜 갈겨!

나일훈 다시 할 수 있을까요?

신도희 그럼요! 당신도 할 수 있어요. 우린 할 수 있어요.

주혜은 지난 상처는 담금질이었다고 생각해. 쇠를 망치로 힘껏 두들겨야 날이 쎈 칼을 만들 수가 있어. (별을 가슴에 달아주면서) 당신은 축복받은 보안관이야. 이 사람들의 기대에 찬 눈빛을 보라구.

나일훈 고…… 고맙습니다. 나 때문에 다들 피해를 입었는데 이렇게 격려해주고…….

강재덕 격려 같은 소리하네. 격려가 아니라 채찍질이야. 사자의 이빨을 드러내라는 의미에서…….

나일훈 내 이빨? (이빨을 크게 드러내면서) 며칠 안 닦아서 냄새날 텐데~ (모두 웃는다)

참새 다 (등장하며 허수아가 접어준 꽃과 또 다른 꽃을 들고 와서) 저…… 수아언니…… (허수아, 돌아본다) 수아언니라고 불러도 되죠? (사이. 허수아 웃으면서 고개를 끄덕임. 참새 다 얼굴 밝아지며) 언니가 준 꽃을 가지고 가서 저도 똑같이 접어봤어요. 어때요, 비슷해요? 나 이런 거 배우고 싶었는데 언니가 가르쳐 줄래요? (수아, 얼굴 환해지면서 둘이 정답게 얘기를 나눈다)

백양철, 뭔가 결심한 듯 나가려는데 주혜은이 부른다.

주혜은 잠깐!

백양철 네?

주혜은 (뭔가를 주며) 이거 가져가…… 싸우러 가면서 무기는 들고 가야지.

백양철　(망설이다 받고 밝게 웃으며) 네! (퇴장)

주혜은　그럼 오늘 장사 다 끝났나?

강재덕　아, 맞다! 그 자식들 오기 전에 일찍 문 닫자.

양심자　다 끝나긴 옘병. 돈 얼릉 줘!

강재덕　아니 그깟 돈 20만 원 뭐 그리 중요하다고 이렇게 치사
　　　　하게 구는데!

주혜은　20만 원? 겨우 ㄱ거였어?

양심자　야 이 잡놈아. 20만 원은 땅 파서 나온다냐? 그리고 말
　　　　나왔으니 말혀는디 치사해? 그래 좋아. 계산 바로 혀자.
　　　　썩을 놈. 내가 낳아주고 수십 년간 키워주고 먹여주고
　　　　재워준 거 다 계산해 줘라 이눔아!

강재덕　내가 태어나고 싶어서 태어났어? 그걸 왜 내가 내냐? 그
　　　　리고 정확히 25년 키워주고 그 뒤로는 내가 알아서 컸네
　　　　요! 정 청구할 거면 영감탱이한테 청구혀~ 영감탱이가
　　　　덮쳐서 내가 나온 거 아냐?

양심자　말은 바로 하라고 내가 덮쳤어 이 썩을 놈아!

주혜은　설마? 어머…… 니?

강재덕　어머니라니! 인연 끊은 지 오래야! 맨날 형만 이뻐하고
　　　　나만 미워했잖아!

양심자　그려! 인연 끊었웅게 오늘 느그 아버지한테 한번 죽어
　　　　봐라!

강재덕　뭐야? 그…… 그건 치사한 거잖아!

양심자　자 쇼부 치자. 너 저 처자랑 결혼할래? 아님 오늘 관 속

에 누울래?

주혜은   네? 저요? 제가 왜?

강재덕   왜 쌩뚱맞게 이 여자랑 나랑 엮는 건데!!! 됐어! 나 그 냥 혼자 환갑, 아니 칠순 잔치할 때까지 철 안 들고 살 거야!

양심자   야이 시키야, 내가 아무나 보고 잡소리 하냐. 느그 둘이 붙어있음 부적 붙어놓응 거 맹키로 잘 맞으니 그라지. (혜은을 보며) 이 잡놈 목숨 살려줄껴 아님 오늘 총각귀신 만들껴? 농담인 거 같제? 야 아부지 무서운 사람이여~

강재덕   그건 맞어. 무서운 사람이여.

#. 8장

이때, 양하진, 김달중 목소리가 문 밖에서 들린다.

양하진   형님, 여깁니다. 관리 좀 들어가겠습니다. 잠시만 기다려 주십시오. 형님.

김달중   좋아. 너희 이 새끼들 다 죽었어~

양하진, 김달중이 등장하자 나일훈, 험악한 얼굴로 벌떡 일어나서 주머니에 있는 신분증을 꺼낸다.

나일훈 요 양아치 새끼들! 나, 보안관! 종로경찰서 강력반 나일훈 형사다! 너희들을 기물파손죄, 폭행죄, 공무집행방해죄로 체포한다.

양아치들을 잡을 듯 달려들다가 정지. 양하진 도망치다가 정지. 툭탁하는 효과음 나오면서 암전되었다가 용명되면 나일훈과 강재덕 바닥에 무릎 꿇어있고 양하진과 김달중이 의기양양하게 서 있다.

양하진 아나 이 병신들…….

이때, 밖에서 커다란 비명소리가 들린다.

양하진 뭐야? (달중을 보고) 야 형님 왜 이렇게 안 들어오시냐? 네가 모시고 와라.

김달중 네 알겠습니다. 형님. (퇴장한다. 외마디 비명)

양하진 이게 무슨 소리야? 달중이 너 뭐해?

강대호 (밖에서부터 소리가 들리며) 언놈이 그랬노! (우락부락한 영감이 등장한다) 누가 내 마누라랑 내 새끼 괴롭히노!

양심자 썩을 놈의 영감. 빨리 오랬더니 지 새끼 쳐 맞게 하고 온다냐? 얼릉 와. 간만에 스텝 좀 밟자고.

양하진 아니 이건 또 뭐야? 저기요. 어르신. 요 옆에 실버문화센터에나 가실 일이지 여긴 왜 오셨어요? 여기 위험하니까 얼릉 가셔요~ 다치십니다.

양심자 너그 뒤로 폴더처럼 접혀도 아프다 소리 지르지 말어라.

양하진 아니 이 할멈이 무슨 개소리야? 노인네들 피똥 싸실지도 모르는데 디펜드 기저귀는 하셨냐? (웃는다)

주혜은 (강재덕을 보고) 뭐해! 그냥 보고만 있을 거야?

강재덕 응.

주혜은 미쳤어?

강재덕 아마 죽겠지. (혜은 놀라서 재덕을 쳐다본다) 저 양아치들이. 저 부부…… 우리나라 최초 부부 프로레슬러거든…… 고인을 위하여 묵념. (고개를 숙인다)

강대호 근데 갸는 어딨노? (주혜은을 보며) 쟈가?

양심자 그려. 쟈여.

강대호 곱네. (재덕을 보며) 할기가, 안 할기가?

강재덕 (기합이 들어가며) 하…… 하겠습니다. 당연히 해야죠!

강대호 그럼 우리 며느리 과부 맹글 수 없으니 이 쓰레기들 함 치워볼까?

양심자 뭐혀! 썩을 놈의 영감아! 날 과부로 만들고 잡냐?

양심자가 강대호의 팔을 잡고 빙빙 돌리고 보내고 양하진을 백드 롭으로 날려버린다.

암전.

#. 9장

주혜은이 혼자 고개 숙인 채 서 있다. 양심자가 손을 털며 들어온다.

양심자 개방울만한 시키들이 까불고 있어. 아이구 오랜만에 스트레칭 좀 했네. (혜은을 보며) 아야. 그람 날은 언제가 좋겄냐잉, 나가 알아서 잡으면 되겄냐?

주혜은 ……

양심자 왜 말이 없냐. 재덕이 저 시키가 못 미더워 그라냐잉?

주혜은 ……

양심자 (사이) 재국이 땜에 그라냐?

주혜은 (간신히 울음을 참으며) 죄송합니다. 정말 죄송합니다.

양심자 (사이) 아야. 이제 그만 웃어도 된다. 네 운명이 그런 것이지 네가 죄 지은 것은 아닝게. 산 사람은 살아야지. 자석새끼 앞세운 나도 이리 살잖냐. 사는 게 별거냐? 그냥 아침에 눈뜨면 밥 한술 뜨고 그렇게 그냥 사는 거지. 그러다 보면 우는 날도 있고 또 웃는 날도 있는 겨. 아야. 이제 환하게 웃자. 그래도 된다.

주혜은 눈물을 터트린다. 양심자 없이 주혜은의 등을 쓸어내린다.
암전.

#. 10장

서연을 찾아간 양철. 서연은 차갑게 돌아서 있다.

백양철   서연아, 나야……

이서연   왜 자꾸 찾아와. 우리 이제 끝난 사이잖아.

백양철   나…… 너한테 아직 못한 말 있어.

이서연   오빠 얘기 듣고 싶지 않아. 들을 이유도 없고. 나 갈게.

백양철   서연아, 잠깐만…… 딱 5분만 시간을 줘. 내가 잘못 생각했어. 지독한 그림자 속에 갇혀서, 너는…… 너한테는 그래도 되는 줄 알았어. 미안해……

이서연   늦었어.

백양철   미안해. 늘 아프게 해서…… 난 늘 내 상처가 아프다고만 생각했지, 내가 너에게 주는 상처는 알지 못했어. 또 다시 상처받기 겁나서 네가 아파하는 건 모르는 척했는데, 네가 내 옆에 없다는 걸 깨닫는 순간 내 살점이 떨어져나가는 것처럼 너무 아팠어. 가슴이 막 무너져 내리는 거 같고, 심장이 터질 것 같아. 너한테 더 이상 아무 것도 아닌 사람이 되었다는 생각을 하니까 너무 슬퍼.

백양철의 말을 들으며 눈물을 글썽이던 이서연.
백양철, 가지고 온 도구로 서툴게 마술을 부린다.
그 모습에 이서연 풋 웃어버림.

마지막으로 용기 내어 프로포즈를 하는 백양철.

백양철   난…… 난 로봇이 아냐. 나 그 감정이라는 거 서툴러서 표현 잘 못하지만…… 나도 넘어지면 상처 생기는 놈 이고, 심한 말 들으면 마음이 아픈 사람이야. (서연 쪽으로 몸을 돌리고) 이제, 내가 네 뒷모습 볼게. 내가 먼저 시작할게. 서연아, 사랑해. (서연을 뒤에서 안는다) 사랑해…… 사랑해.

이서연   따뜻하다…… 오빠.

서서히 암전. 암전 속에서.

이서연   나 사실…… 그래도 오빠가 다시 나한테 올 거라고 믿고 있었다.

백양철   (반색하며) 그럼 나 시험해 본 거야?

이서연   아니, 그런 건 아니고…….

서로 쳐다보면서 웃는 두 사람. 그리고 서서히 암전.

#. 11장

빈 까페. 주혜은 여행가방을 들고 나와 서서 바를 한번 훑어본다.

망설이듯 서 있던 주혜은, 강재덕이 나온다

강재덕 가?

주혜은 응.

강재덕 어디로?

주혜은 애상산이라고 알아? 세상 끝에 있는 산. (주혜은 결심한 듯 가방을 들고 문 앞으로 간다) 고마워. 당신 곁에 이렇게 오래 살아있게 해줘서. 당신 정말 노망날 때까지 잘 살 거야.

강재덕 가지 말라고 하면 안 갈 거야?

주혜은 아니. 살 거야.

강재덕 돌아올 거야?

주혜은 (가볍게 웃는다) 갈게. 잘 살아.

주혜은, 바 문을 열고 나선다. 강재국, 주혜은이 나간 문을 물끄러미 바라본다.

암전.

EPILOGUE

자막   잿더미 위 혼자 야위어가던 우리가
등뼈를 맞대고 바람을 데울 수 있다면

시간이 한참 흘러 한층 성숙해진 강재덕. 혼자 바를 정리하고 있고
옆 무대에서는 BT걸즈들이 노래를 부르고 있다.
한쪽 테이블에선 허수아와 참새 다, 참새 나 그리고 다른 친구들을
데리고 들어와서 종이접기를 하고 있고 다른 테이블에선 백양철이
이서연에게 어설픈 마술을 보여주고 있다.
또 다른 한켠에서 참새 가가 혼자 병나발 불고 있다. 고영석이 폐
인 몰골로 통화를 하며 바에 들어온다.
이때 강재덕 깜짝 놀라 출입구를 살펴보지만 고영석을 보고 이내
실망한 표정으로 다시 고개를 돌린다.

고영석   갚는다구요, 갚아! (전화를 집어던지며) 내 병원! 내 병원! (엎
드려 운다)

참새 가   (고영석이 던진 전화기를 들고 다가가며) 저…… 이거 떨어뜨리
셨…….

참새 가, 휴대폰을 전해줄 때 고영석, 갑자기 참새 가를 와락 안고
통곡한다. 참새 가 첨에는 당황하다가 고영석을 다독거려준다. 곧

이어 신도희가 나일훈이랑 커플이 되어 소녀를 데리고 들어온다. 강재덕 다시 깜짝 놀란 듯 출입구를 보지만 이내 고개를 돌리고 쓸쓸한 미소를 띄운다.

사람들 하나둘 사라지고 까페 정리를 하는 재덕. 혜은과의 추억들을 회상하는 듯 쓸쓸한 표정으로 앉아 있다가 이제 그만 문을 닫으려 일어선다.

이때 여행가방을 들고 까페에 들어서는 혜은. 이를 물끄러미 쳐다보는 재덕.
둘은 서로 말없이 마주보며 웃는다.

암전.

막.

한국 희곡 명작선 35
까페 07

초판 1쇄 인쇄일   2021년 1월 10일
초판 1쇄 발행일   2021년 1월 20일

지 은 이   강제권
만 든 이   이정옥
만 든 곳   평민사
           서울시 은평구 수색로 340 〈202호〉
           전화 : 02) 375-8571
           팩스 : 02) 375-8573
           http://blog.naver.com/pyung1976
           이메일   pyung1976@naver.com
등록번호   25100-2015-000102호
ISBN   978-89-7115-733-6   03800
           978-89-7115-663-6 (set)
정 가   7,000원